Filmographie

2005 – 2024

Plus de 100 Courts-Métrages

En héritage pour Mahée & Jade

Pour les artistes qui ont fait vivre par leur enthousiasme Court-Jet Prod

Pour le gratin

Pour les fans

Pour poursuivre l'Aventure...

Créée en 2005,
Court-Jet Prod est une maison indépendante
qui propose plus de 100 courts-métrages décalés,
farfelus, enthousiastes,
à la fois créatifs et ironiques, parfois philosophes,
qui s'amusent des sujets de « Société »
comme le réchauffement climatique, la parité, le crédit social, la politique, l'I.A. ...

Chaine YouTube - Sélection temporaire

COURT Prod JET

CJP NEWS

Chaîne d'info en discontinu

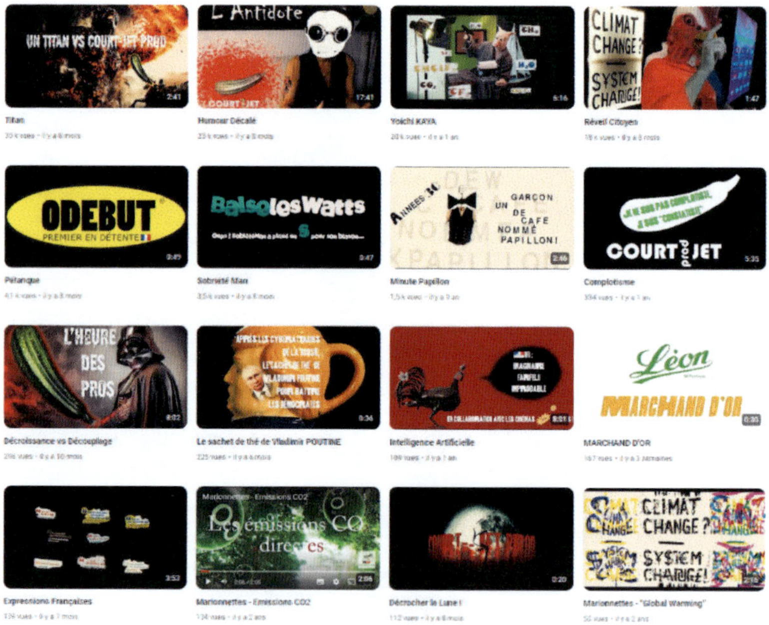

Exemple de vidéos en libre accès

COURT prod JET

COURT prod JET

Période 2005 – 2010

01h15min45

- A Poêle 05min06
- La Femme de Ménage 06min11
- Le Loto 08min57
- Le Franc Suisse 10min46
- Le Mardi des Amis 13min50
- Le Placard 06min59
- Alternative 03min24
- Teaser Les Poubelles 01min35
- Les Poubelles 06min34
- Le Tri 06min20
- Le Sac 06min03

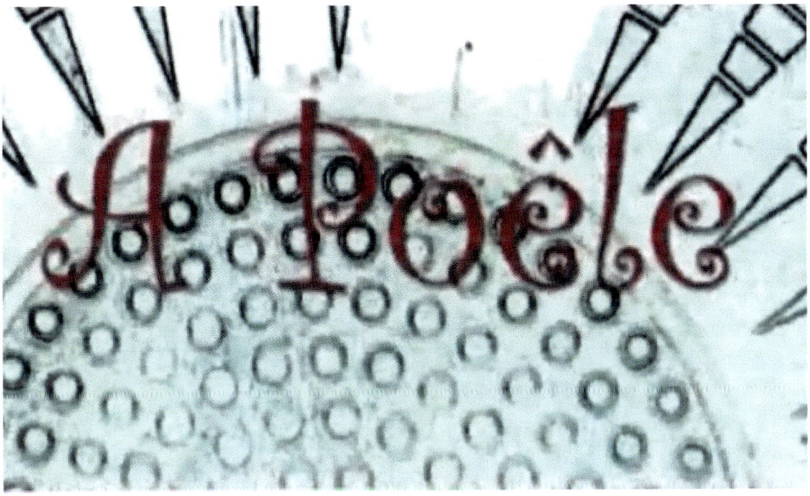

Extrait du court-métrage « A Poêle »

Extrait du court-métrage « Le Tri »

Affiche du court-métrage « Le Loto »

Malé MAJA a été l'invité de Court-Jet Prod et de l'émission littéraire « L'Antidote », diffusée par CJP NEWS, pour présenter le Tome I de son roman « Passager Clandestin » !

Interview de Malé MAJA
Emission littéraire de CJP NEWS

Court-Jet Prod a eu en remerciements accès, en avant-première, à des extraits de l'épilogue du Tome II du roman « Passager Clandestin »...

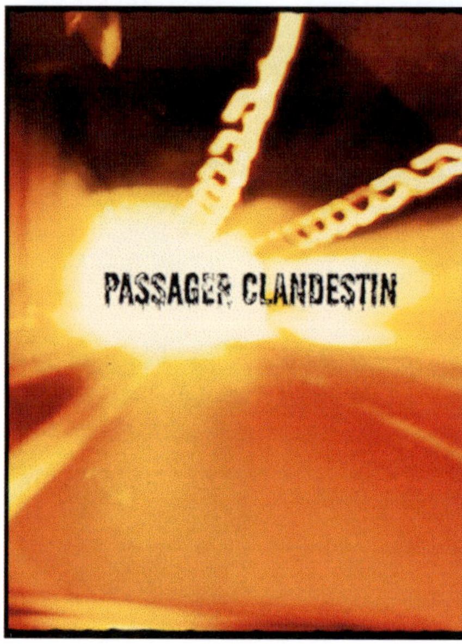

Couverture du Tome I

Le roman aux formats d'édition Kindle et Broché

« Passager Clandestin » - Extrait du Tome II...

Pensées de François pour sa femme Claire...

... Claire, dans ce trou glauque sans espoir, je viens de revivre par la pensée l'histoire extraordinaire et romanesque que j'ai eu la chance de vivre dans cette institution qui nous a réunis, dans cette auberge énigmatique.
Maintenant que je suis exilé dans la solitude par la force des puissants je ne pense qu'à toi. Je peux enfin t'avouer mes secrets et les sentiments chevillés au corps que j'éprouve pour toi.

C'est la fin d'un voyage sans voyager. J'ai traversé la France. Ce pays névrosé. J'ai traversé l'Angleterre et sa sœur l'Irlande pour arriver dans cette auberge mystérieuse.
Dans cette auberge, j'ai traversé le temps.

Maintenant dans l'obscurité du Tartare je ne traverse plus rien. Le temps est figé. Je ne vois plus mon existence tourner autour du soleil. Mes pieds sont enchainés.

Je ne sais pas où je suis. A l'aune de ma vie d'auteur je risque l'oubli. Heureusement que je sais que je suis de mon enfance comme on est d'un pays. Cela me fait encore croire à l'espoir.

Je puise mon énergie dans cette solitude. Qu'importe le nombre de mes geôliers. Je ne vois personne depuis que l'on m'a arraché à ta présence. Ma solitude ne peut être volée par une fausse compagnie. Sinon, si tel est le cas, c'est un attentat à la vie, à la mienne. D'ailleurs compliqué de dérober ma solitude car je suis toujours accompagné d'idées farfelus, préservé des voleurs de solitudes.

Je vis l'expérience de vivre sans être vue et je découvre la solitude comme compagnie. J'espère parfois arriver à oublier que je suis seul.
Claire, je suis avec toi. Je ne suis pas seul.

Parfois j'étouffe de cette solitude. Mon amour, quelle vitalité de t'espérer près de moi. Que faire ? Nager, marcher, pédaler, filmer, réaliser pour sublimer ma créativité et t'enrober de mes mots, de mes écrits.

Je n'ai guère le choix ici dans ce Tartare. Sans feuillets, sans encre, sans lumière. Je puise ma force dans ma mémoire pour un jour dans l'au-delà te lire cette lettre que j'y grave avec pour burin mes synapses.

LA TECHNIQUE

Caméras & accessoires

Logiciel de montage

- Caméra JVC GR53E
- Caméra SONY CMOS HVR – HD 1000P
- Caméra GoPro HERO 4
- Caméra GoPro HERO 6
- Caméra Lumix DMC GH4R
- Drone Mjx R/C - XI0I
- Micro RODE
- Micro ZOOM H4n
- Trépied Slik SDV – 30
- Stabilisateur FeiyuTECH
- "Mandarines" Dynasun (3)
- Accessoires XS Series...

- Logiciel de montage Première Pro
- Formation Première Pro : Chaine YT NSS

Référence : « Ecrire un Court métrage »

de Jean-Marc RUDNICKI – Edition Dixit

Echantillon du tableau « Regard sur la mers »

Période 2011 – 2014

29min18

Teaser Bubbles	01min07
Clip Bubbles	03min24
Teaser Festival	01min30
Festival	03min46
Police d'Assurance	09min07
Elections Mériel (perso)	07min08
Coolisse	03min16

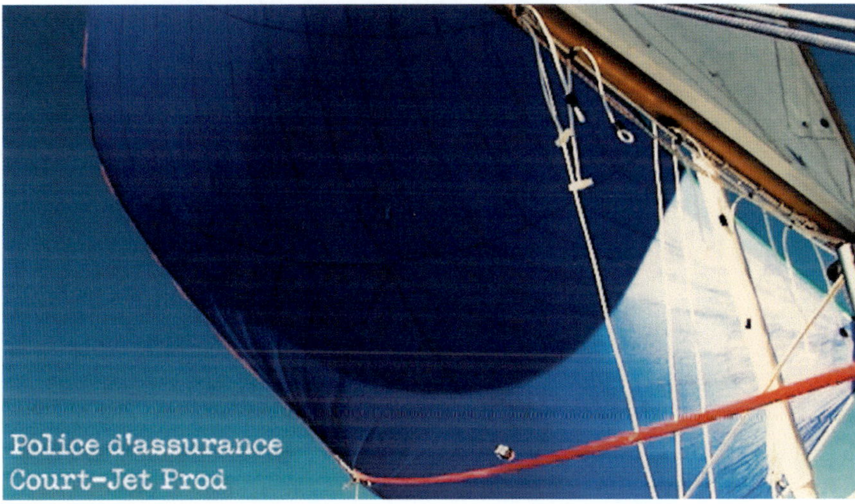

Extrait du court-métrage « Police d'Assurance »

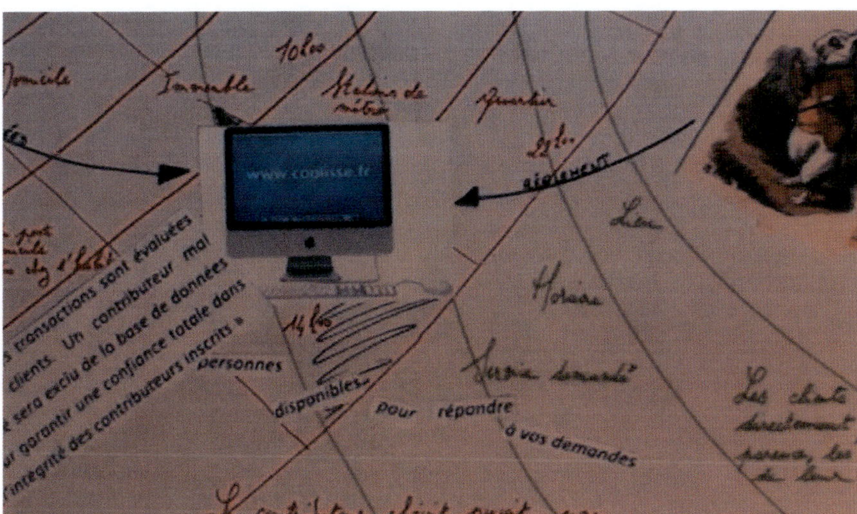

Extrait du court-métrage « Coolisse »

Extrait du court-métrage « Bubbles »

Vivre à Mériel

Elections Municipales

2014

Extrait du court-métrage « Elections Municipales »

Claire, écrire, servir avec rage toute l'authenticité de soi sur ce papier neuronal n'est que le prolongement d'un cerveau écumé, le mien, qui une fois l'encre des synapses séchée ne laisse qu'un bouquet de ronces en poudre d'épines.

Le flamboyant n'est pas convoqué à éclore sous cette plume en forme de songe. Avorte le sens des lignes noircies pour lire les mots qui te séduisent et donner l'odeur qui te plaira à mon bouquet, à ma lettre que je te conte.

Il y a une chose aussi bruyante que la souffrance, c'est le plaisir. Claire tu donnes à mon corps des émotions. Tu donnes à mon esprit des sensations. Si tu me le demandais, je décrocherais la lune. Le ciel bleu sur nous peut s'effondrer.

Nous avons pour nous l'éternité.

Tome I

Tome II

Tome III

Période 2015 – 2019

01h31min49

Faire Part de Mariage	(perso)	07min31
La Lettre A		04min29
La Génération Collaborative		03min22
Paix pour Paris		01min40
Spi En Tête		03min36
La Douche de l'Actualité		02min54
Trump the Game V2		02min22
25 pieds pour 6 (perso)		00min57
Pique-Nique (perso)		00min58
L'Envers du Spi		01min32
L'Epicurien		04min10
Bubbles Promo		02min39
Brexit		01min58
Essentiel (perso)		06min16
Mariage Lamia & Fabrice		07min26
Poupée (perso)		01min13
Détournement		02min46

- Casting 03min56
- Je suis ton Quotidien 02min07
- Sensation 2017 04min18
- « American » Poker 03min33
- Eté 2017 (perso) 02min51
- Les Orphelins de Bocuse (perso) 03min01
- Séminaire Gastronomique (perso) 03min42
- Antilles (perso) 06min41
- Eté 2018 (perso) 02min45
- Restaurent Sérieux (perso) 02min07
- Les Poubelles Mobile Festival 00min59

Extrait du court-métrage « Casting »

Extrait du court-métrage « Les Poubelles »

Extrait du court-métrage « La Lettre A »

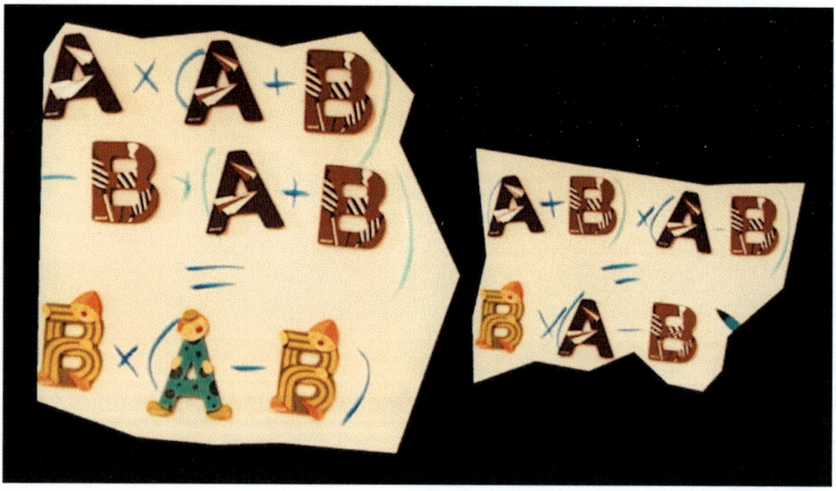

Extrait du court-métrage « Génération Collaborative »

Le juste milieu. L'indifférence ou la passion ? Entre la solitude ou la foule de Piaf ? Je choisis la passion.

La vie est dure, amère, anémiante. Elle ne peut supporter de nouvelles servitudes venues de ceux que l'on aime. J'ose croire que tu n'es pas indifférente à ma personne. Je me jure de ne pas t'imposer d'allégeances. Méfions-nous des prédicateurs qui veulent nous enfermer dans une forme de pensée.

Claire, je ne sais rien. Je ne suis rien. Ce n'est rien. Je mélange mes riens pour en faire le morceau d'un tout.

Sans encre, j'ai ancré pour toujours ton visage littéraire dans la mer grise de mes neurones, au milieu de synapses qui ne cessent d'étinceler. Te regarder c'est voyager dans la littérature

Française. Ta beauté est la conjugaison de toutes. Lafayette, Sand, Colette, Gaud, ... sont réincarnées dans les cellules de ton visage pour en faire un roman d'amour à lui tout seul.

Les fous solitaires sont les plus libres d'entre nous. Rien ne s'impose à eux même. Le fou se fiche de sa folie, le solitaire ne peut redouter que les mauvais vers de ses lectures. Maintenant que je suis solitaire, je suis fou et solitaire, je suis les deux, je suis totalement libre dans la geôle de IA 42.

Cette aventure de passager clandestin est l'essence de ma vie. Une tapisserie à la façon de Colette qui entremêle l'autobiographie et le fictif. Elle trouve ses fondations dans la théorie Proustienne selon laquelle on ne désire pas une personne pour ce qu'elle est mais pour ce qu'on en imagine. Car attention on ne désire que ce que l'on ne possède pas.

La véritable jouissance de la liberté c'est bien d'avoir accès à la personne la plus importante au monde à ses yeux sans jamais pourvoir la posséder, ni même finalement la rencontrer, ni la connaître en dehors de la spiritualité de la force des esprits.

Cela pourrait me soulager de l'horreur du massacre de Sophia et Dean. Je dois me rappeler que j'ai eu la chance de les connaître.

Période 2020 à 2024 !

07h06min55

Jour de l'An 2019 VF	03min50
Comment faire chier le monde ?	03min28
Voir en peinture	03min03
Macarons NVG V2	01min28
Spirit of Nature	02min26
Petit Prince	01min56
Vezzani été 2019 (perso)	01min22
17 avril 2020	00min50
20 kilos	01min53
19 avril 2020	00min50
Journal du confinement – E1	01h53min05
24 avril 2020	02min39
26 avril 2020	01min08
Journal du confinement – E2	01h00min25
50 ans Dom (perso)	13min47
Journal du confinement – E3	42min55
Mariage G & L (perso)	09min10

Pourquoi Teaser	00min18
Histoire sans queue ni tête	01min16
Ni queue ni tête	00min24
Quête du Bonheur	04min30
Balai Essais	00min41
The Mop	03min20
Tableau Salon	04min36
Tableau 3	04min43
Tableau 3 Présentation	01min18
WE Balleyd V1	01min16
Marionnettes GW (il y a une V2)	02min15
Marionnettes Crédit social	02min12
Marionnettes Elections	01min05
Marionnettes Tuto	01min14
Marionnettes Parité	01min07
Marionnettes Poésie	01min18
Marionnettes Fiscalité	01min12
Marionnettes Romanée Conti	01min59
Marionnettes Salette	02min37
Marionnettes Emissions CO2	02min05
Marionnettes Troisième dose	01min38
Marionnettes Populisme	02min01
Marionnettes Analyse politique	02min09
Marionnettes CJP NEWS 1	02min43
Marionnettes EELV	02min53

- Marionnettes Ukraine et Poutine 03min14
- Marionnettes JO 02min05
- Marionnettes Candidats officiels 02min48
- GIEC 01min51
- Vezzani mars 2022 02min20
- Film de Bruno (famille - perso) 08min17
- Election 24 avril 2022 00min46
- Troisième tour pour les ânes 01min20
- 2050 01min00
- Habiter (perso) 00min46
- 79 ans (famille - perso) 05min08
- La Ferme 02min16
- Conscience Climatique 01min14
- Et si ? 05min34
- Futur possible 01min57
- Tutu coiffure 07min04
- Pointos Karros 01min13
- Minute Papillon 02min45
- L'équation YK 06min15
- Teaser Episode V 01min11
- Teaser TITAN 00min21
- TITAN 08min00
- Débats sur le « DC » 08min02
- L'Antidote – Teaser 04min27
- L'Antidote 17min40

- PUB ODEBUT 00min48
- PUB Sobriété Man 00min46
- Spin off TITAN 02min40
- Episode VI 01min46
- Présentation CJP 00min19
- Expressions Françaises 03min52
- The Poutine Teabag 00min35
- Marchand d'Or 00min30
- Pétition 00min43
- Probité Climatique 00min18s
- Prochainement…

Extrait du court-métrage « L'Antidote »

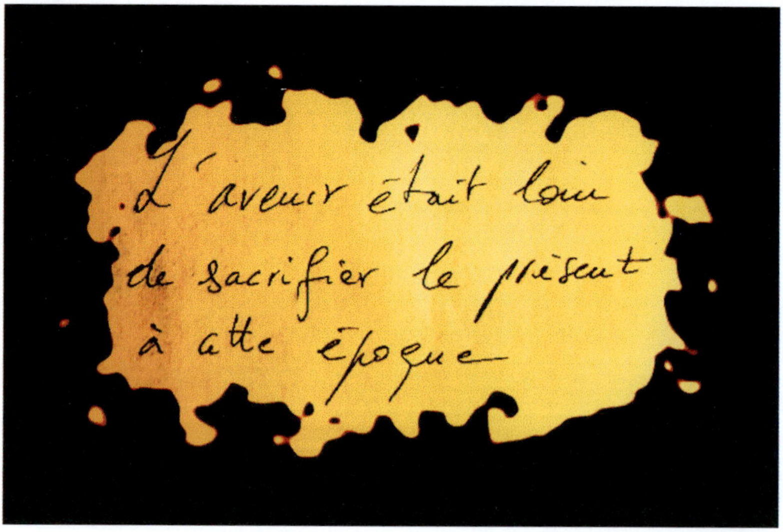

Extrait du roman « Passager Clandestin Tome I »

Extrait du court-métrage « Errance poétique »
Tableau « Autoportrait »

Affiche du court-métrage « Décroissance vs Découplage »

Extrait du court-métrage « L'équation de Yoichi KAYA »

Affiche du court-métrage « Spin off de Titan »

Extrait du court-métrage « Sobriété Man »

Extrait du court-métrage « Pétanque »

Extrait du court-métrage « Léon Marchand d'Or »

Le surréalisme libère les désirs refoulés dans l'inconscient.

Aragon criait dans les ruines son malheur d'aimer. Ici, dans un champ de roses, je chante l'amour qui n'est pas un mot. Une mélodie inachevée.

Ma vie est à partir de toi. Je suis né de ton rire. C'était à l'époque de mon enfance, ou juste après.

Les yeux clos dans ton odeur devaient être mon bonheur, ma Madelaine de Proust, nos vingt ans.

Ces derniers jours ont exhumé aux moyens de réminiscences le passé enfoui pour nous retrouver dans la spiritualité.

Par la force des croyances de ton esprit, par les faiblesses de la chair, tu laisses gagner tes valeurs de femme sincère et honnête, à mes yeux étincelantes, logées dans ton subconscient

Quelle tragédie... La belle Hélène n'est rien à côté. Ce n'est pas la guerre de Troie que je veux faire pour te ressusciter... c'est la guerre totale aux principes et valeurs qui m'ont volé la femme que j'aime passionnément.
Que j'aime à la folie pour ce qu'elle était. Une femme vivante et libre !

L'humour farfelue me fait tenir. Je me dis que mon cœur risquait fort de ne pas résister à tes gâteries.
Mon épitaphe aurait été alors : « *Ma femme était la pompe funèbre. Je voulais être élevé au rang de l'empereur César à ses yeux. Je ne fus que le consul Pompée* »

Tu te consumes devant ton mari aveuglé par ta poker face qui masque la putréfaction des cellules.

Les flammes glacées de ton ventre lèchent les racines de tes neurones. Ton cœur monte dans les températures négatives au battement des tambours de l'adrénaline déchue.

Je brûle tellement de l'intérieur que je n'ai plus d'appétit. Je suis à la bordure intérieure de me rendre malade d'amour. Je n'ai qu'une envie te retrouver.

Ce qui visiblement n'est pas pour cette semaine ni les prochaines, ni jamais puisque tu es morte.

Il ne me reste que la picole et l'écriture pour me perdre et me soulager.

Tableau « Probité Climatique »

La jeunesse fantôme tient la solution.
Le clown de l'Humanité tire puis offre des fleurs !

Festival « Voir un petit court » - Nuits-Saint-Georges

Festival « Les Projos de Greta » - Paris 4ième

Festival « Le Choix des Anges »

Entraigues-sur-la-Sorgue

Premier festival pour Court-Jet Prod

« A Poêle » & « Le Mardi des Amis » - Paris 11ième

Mais bon là aussi ce ne sera pas possible. Pas maintenant. Il y a les gardes qui sont organisés en rondes d'une exigence implacable.

Je suis donc en errance. De nouveau dans les mains de Cervantès. Je deviens fou. J'ai le ventre tordu car je commence sérieusement à prendre conscience du risque de te perdre.

Sentiment que je détresse car tu as dit que tu n'étais pas uniquement dans le fantasme. Que tu avais besoin des corps et des chairs. Comment faire maintenant que tu n'as plus de corps ?

Je me rappelle nos premiers fleurtes. Tu cherchais une expérience réussie pour te ranger ensuite dans la file des épouses et mères modèles.

Utilisais-tu le verbe aimer uniquement pour m'appâter ?

Tu savais déjà à quel point je suis fleur bleue. Tu me connaissais par mes romans, par mes films, par mes faiblesses, ma fébrilité, mes larmes.

Je flippais que tu me quittes le lendemain de la nuit que je rêvais de passer avec toi. Je me demandais bien ce que tu me trouvais.

Je me rappelle tout.

Je ne m'expliquais qu'une partie de ce qui se passait. Que fallait-il penser ? Que fallait-il croire

Etions-nous dans un jeu ? Etais-tu finalement tout simplement réelle ?

M'en aurais-tu voulu si finalement j'avais abandonné ? Trop souffrant de t'aimer ?

Fallait-il abandonner ? Retourner dans nos vies, mort ou vif... ? Ou au contraire, fallait-il déborder de nos vies ?
Ce que nous avons fait ensemble pour notre plus grand bonheur.

Et puis je sais que tu te fichais que je t'écrive avec mes lettres de caniveau, sans collier, sans aucun sens parfois, souvent.
Complétement à l'opposé des naturalistes capables de faire, ingénue, érudit.

Je me comprends...

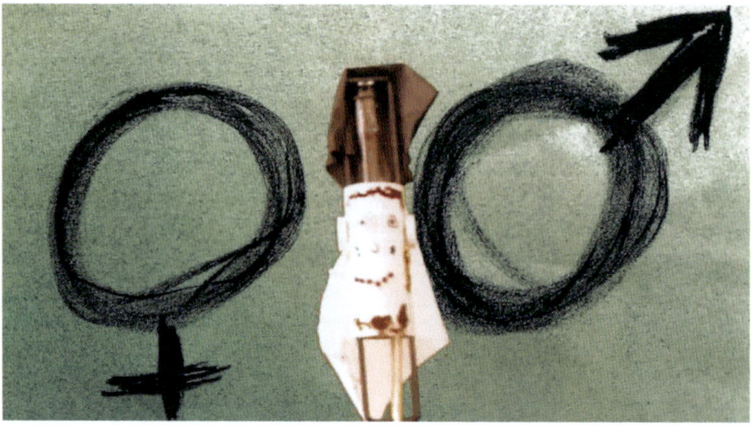

Extrait du court-métrage « Marionnettes - Parité »

Extrait du court-métrage « Réveil Citoyen »

Extrait du tableau « Regards sur la mer »

Extrait du court-métrage « Regards sur la mer »

Je suis pris dans les dédales des méandres des abimes abyssaux des contradictions, des paradoxes. Perdu, indécis, au cœur des extrêmes raisonnés par les passions et passionnés par la raison.

Aujourd'hui je suis la cascade des rêves dans le monde réel. Je saute dans l'inconnu des futurs.
Dans le bruit assourdissant de la chute, je me trouve renvoyé sans gravité vers des considérations plus légères. Je suis enthousiaste à l'idée de te retrouver dans nos paradigmes éphémères.

Je suis en haut, au-dessus des courants, au-dessus des fracas et me trouve aspergé, mouillé, tel un enfant heureux de découvrir la force de l'océan. Je suis bien.
Vas-tu me sécher, vas-tu me croire ?

Claire tu es davantage que la force de l'eau. Il faut que j'arrête de boire le lait des licornes qui origines la chute. Mon cœur va finir par exploser avec la pression devenue incontrôlable. Le surréalisme m'emporte ici.

Je ne pense pas qu'être dans le vent soit au-delà du rêve d'une feuille morte qui veut croire en sa résurrection. C'est pour cela que je suis inconnu à moi-même dans le nouveau monde que nous bâtissons à cet instant par la pensée.

L'amour transcende les doutes. Je ne devrais pas chercher à le comprendre. Simplement le vivre. Cela m'est hors de portée, ici, maintenant.

Plus nous attendons le moment qui va cristalliser les décisions plus les doutes se multiplient.

Claire je t'en supplie. Il faut arrêter le carnage. Tu ne danseras pas sous la pluie. Cette lettre ne fait que mettre les idées en cage.

BANDES SONS

Collaborations musicales

BANDES SONS

Collaborations musicales

Claire commence comme corps

Claire partage des lettres avec le cœur

Claire finis cette lettre sans support, écrite par celui qui t'a fait du tord

Claire après ce texte éprouveras-tu une rancœur ?

Je suis un héritier de Cervantès. Je ne sais que brasser du vent !

Tableau Syllepse

"Malgré moi...

Embauché malgré moi dans l'usine à idées
j'ai refusé de pointer
Mobilisé de même dans l'armée des idées
j'ai déserté
Je n'ai jamais compris grand-chose
Il n'y a jamais grand-chose
ni petite chose
Il y a autre chose.

Autre chose
c'est ce que j'aime qui me plaît
et que je fais."

Jacques Prévert

Claire je ne peux pas dire tout ce que je pense. Cela m'appartient. Ma sincérité est de penser tout ce que je te dis.

Tu ne vois pas tous mes raisonnements ni les convocations de mon cœur. Tu ne peux qu'épouser la pureté de mes propos. Rien de ce que je te dis n'est pollué par un intérêt supérieur.

Je suis guéri Claire. Je me souviens du mal que l'on m'a fait. Je n'ai rien oublié. C'est pour cela que je peux sans peine t'affirmer que je suis belle et bien guéri.

Je ne peux que te parler de mon bonheur de te retrouver enfin, après tout ce temps. De retrouver le chemin que nous avions décidé d'emprunter ensemble jadis.

Claire il n'y a rien de plus beau que de savoir que j'existe pour toi. N'est-ce pas ?

Pour accepter ma méconnaissance du monde des lettres je ne peux qu'être ivre au quotidien. Je n'ai pas le choix. Ivre de passion, ivre d'amour, ivre de poésie et parfois ivre de vin.

Je ne peux me résoudre à dormir et manger pour être heureux de me lever le matin en pleine Santé capable d'aimer. J'ai besoin de bien davantage pour exister. J'ai besoin de la passion.

Voilà l'explication Claire de ma faiblesse, de mes défauts, la fébrilité du jour... Je suis désolé de paniquer et d'imaginer tout saborder pour survivre à une attente trop éreintante.

Regard moi Claire. Je suis à bout de souffle. Le visage peinturé de point d'interrogation. Tu m'as fait exploser en plein dans le vol de ma vie entre la naissance et la mort.

IA 42 nous a fait nous découvrir. IA 42 m'a exilé pour nous séparer, pour m'empêcher de t'étreindre comme Quasimodo a pu le faire jusqu'à la mort avec Esméralda.
Sans même savoir ce que nous avions construit ensemble dans le plus grand secret.

Nous ne nous retrouverons jamais maintenant. Je n'ai pas la force de m'évader de la vie. Tu ne viendras pas me sauver. Sauf si je me trompe moi-même face à des évidences que je ne saurai voir par peur du regrettable.

Claire je t'aime, adieu.

Je renonce à te quitter comme j'ai renoncé à venger Sonia et Dean aux profits de l'amour.

Claire je t'aime, vient on rentre. Je vais m'échapper de cette parenthèse de la vie qui me tient pour t'emmener aux quatre vents, te faire aventurières des océans.

INTELLIGENCE ARTIFICIELLE

Extraits du court-métrage « Titan »

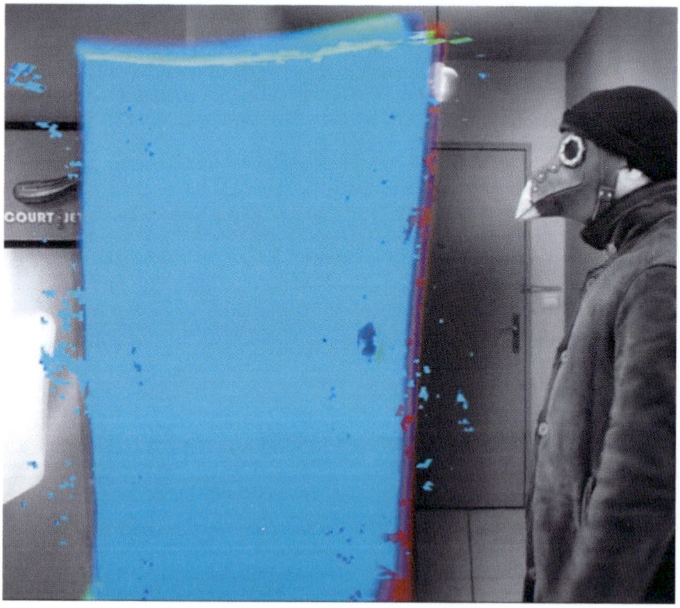

INTELLIGENCE ARTIFICIELLE

Extraits du court-métrage « Titan »

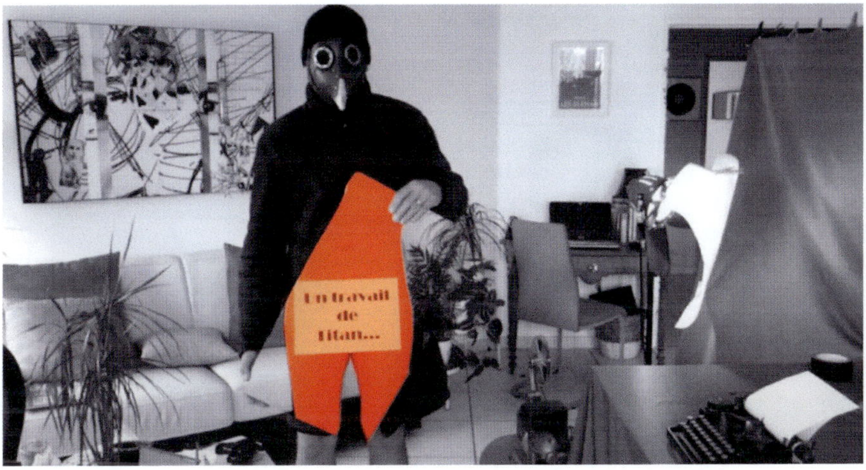

Claire par amour pour toi

Claire par désir pour nous

Claire dans ces reflets lunaires que je bois

Aucune chance qu'avec toi cette eau ne devienne boue

***

Je veux vivre pour moi

Je veux vivre pour toi

Je veux vivre bercé d'émois

Je veux vivre de sensations, qu'importe mon toit

Claire je suis ton mourant. Avec toi j'ai rencontré ma mort sur un bouton de rose. Nous nous sommes consacrés.

Par ta mort tu as éclipsé le vivant au point que je ne sais plus qui est en vie.

Je veux vivre pour nous

Je veux vivre pour ceux qui voudraient vivre

Je veux vivre jusqu'au bout

Je veux vivre, sur un bateau ivre

Je veux vivre par ce que je t'aime

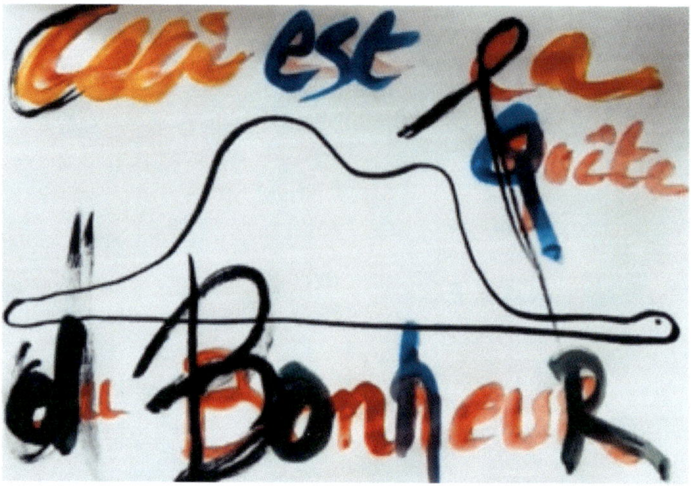

Extrait du court-métrage « La Quête du bonheur »

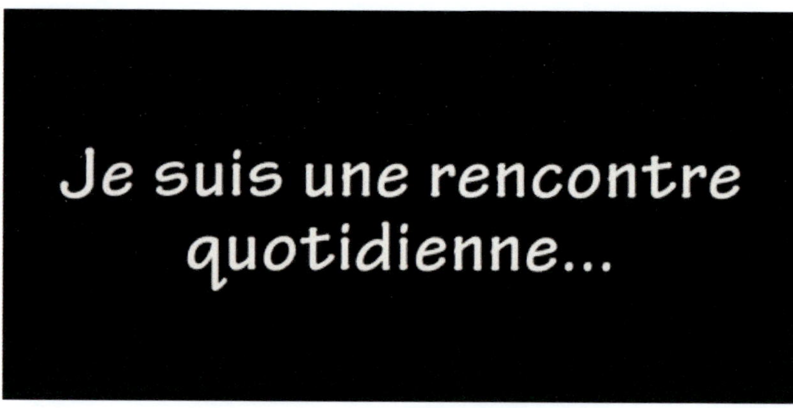

Extrait du court-métrage
« Je suis une rencontre quotidienne »

Extrait du court-métrage « Minute Papillon »

Affiche Prévert / Camus
Court-métrage « Malgré moi »

Claire vois-tu la ligne d'horizon qui n'existe plus avec le manteau de la nuit. Elle nous donne l'espace de l'évasion. Personne ne suivra car c'est interdit de nous suivre. C'est notre postulat au bas mot. Et cela fait échelon pour monter au point du jour. Celui qui après l'or du soir apporte la rosée qui excite les rennes, surtout La reine... et je suis face au château !

Ouvre ta fenêtre pour t'en assurer
et tu sauras que je dis vrai
Comme d'habitude...

Maintenant il est temps que je m'évade de cette prison pour changer le réel. Il faut que je rejoigne Télémaque et son armée...

Passager Clandestin

Fin de l'extrait du Tome II...

***

Extrait du Tome II

Et aussi depuis 2005...

Le Référendum de Maître Jeanne Darth

L'Appartement

Les Essais Bubbles (perso)

Des morceaux de concerts des Bubbles

Le Mariage des « Gamboni »

12 films pour Mahée & Jade (perso)

Des versions courtes, longues et sous-titrées

Et autres « délires » ...

Court

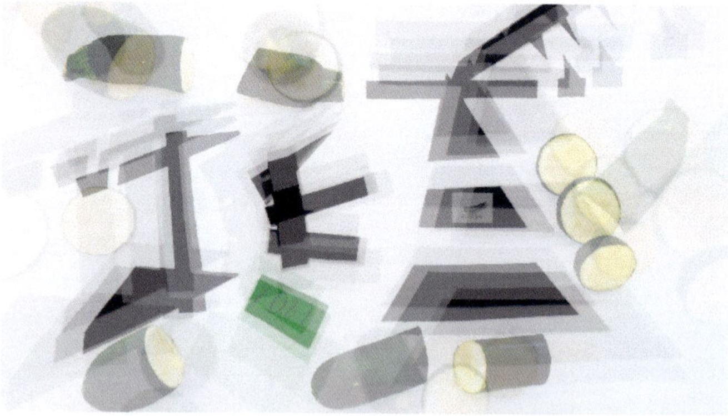

Jet

Prod

Merci à la nature humaine

Merci à la créativité

Merci à mon entourage

Merci à la force d'y croire…

FIN

Début

Du même auteur

Sous le nom de plume ***Malé MAJA***

- Recueil de 22 scénarios de courts-métrages
- Une journée en mer…
- La limite infinie de l'amour
- Déchéance
- Un délicieux voyage d'affaires
- La guerre des énergies
- Carnet de Voyage
- A bout de courts
- Ainsi va la vie
- Passager Clandestin – Tome I

Contact : duclosbenjamin@hotmail.com

Accès aux différentes éditions

Printed in Poland
by Amazon Fulfillment
Poland Sp. z o.o., Wrocław

40901988R00049